Confeti

POEMAS PARA NIÑOS

Confeti

POEMAS PARA NIÑOS

poemas por **PAT MORA**

ilustrados por **ENRIQUE O. SÁNCHEZ**

traducidos por **QUETA FERNÁNDEZ** y **PAT MORA**

LEE & LOW BOOKS Inc. • New York

LEE & LOW BOOKS Inc., 95 Madison Avenue, New York, NY 10016
leeandlow.com

Manufactured in China by South China Printing Co.

Book design by Christy Hale
Book production by The Kids at Our House

The text is set in Frutiger
The illustrations are rendered in acrylic on paper

10 9 8 7 6 5 4 3 2 1
First Edition

Library of Congress Cataloging-in-Publication Data
Mora, Pat.
[Confetti. Spanish]
Confeti : poemas para niños / poemas por Pat Mora ;
ilustrados por Enrique O. Sánchez ;
traducidos por Queta Fernández y Pat Mora.— 1st ed.
p.   cm.
ISBN-13: 978-1-58430-270-4   ISBN-10: 1-58430-270-4
1. Mexican American children—Southwest, New—Juvenile poetry.
2. Southwest, New—Juvenile poetry. 3. Children's poetry, American.
I. Sánchez, Enrique O. II. Fernández, Queta. III. Mora, Pat. IV. Title.
PS3563.O73C6418   2006
811'.54—dc22   2005028918

Para mi haja Libby, canción del sol—P.M.

Para Roberto—E.O.S.

La canción del sol

En las ramas de los árboles los pájaros oyen

la primera canción del sol.

En las rocas, las ranas oyen

la primera canción del sol.

Entre los arbustos, las abejas oyen

la primera canción del sol.

Entre los sauces, el viento oye

la primera canción del sol.

En las ramas, los pájaros pían

la canción de la mañana.

En las rocas, las ranas croan

la canción de la mañana.

Entre los arbustos, las abejas zumban

la canción de la mañana.

Entre los sauces, el viento silba

la canción de la mañana.

Canción del sol. Canción del sol. Canción del sol.

Los colores estallan, los colores rugen

Rojo, da gritos rojos y redondos como globos.

Negro, grazna como estridentes estorninos.

Café, repiquetea las claves.

Amarillo, lanza chispas refulgentes.

Blanco, canta ¡ay! sus notas altas.

Verde, murmulla secretos de hojas.

Gris, susurra en los bigotes del gato.

Plateado, tintinea sus campanitas.

Azul, gorjea como los pajaritos.

Morado, retumba como truenos.

Dorado, resplandece cual tuba.

Anaranjado, gruñe cabriolas a rayas.

Los colores estallan, los colores rugen.

La serpiente morada

"Ahí duerme",
dice Don Luis con un guiño.
Él sabe que quiero acariciar
al animal que duerme en la pieza de madera.
Como lo hace él,
al moverlo de un lado para el otro,
escuchándolo.

Lentamente, toca la madera
áspera y arrugada como sus manos.
Comienza a tallarla.
"Mira. La cabeza, las escamas, la cola."
Don Luis lo frota y lo acaricia
antes de pintarle los ojos abiertos.
Cuando la pintura se seca,
coloco la serpiente morada
junto al toro verde y a la rana roja,
que Don Luis ha encontrado dormidas
dentro de la pieza de madera.

¿Puedo atrapar el viento? ¿Puedo?

¿Puedo? ¿Puedo atrapar el viento en la mañana?

¿Atrapar el viento?

¿Puedo? ¿Puedo atrapar el viento con mis dos manos?

¿Atrapar el viento?

¿Puedo? ¿Puedo atrapar el viento en mi cesta?

¿Atrapar el viento?

¿Puedo? ¿Puedo atrapar el viento en mi cacerola de barro?

¿Atrapar el viento?

¿Puedo? ¿Puedo atrapar el viento en mi cajita de lata?

¿Atrapar el viento?

¿Puedo? ¿Puedo atrapar el viento en mi sombrero de paja?

¿Atrapar el viento?

¿Puedo? ¿Puedo atrapar el viento en mi jaula de pájaros?

¿Atrapar el viento?

Viento, viento, corre y caracolea, baila y caracolea,

corre y caracolea.

Dragones de nubes

¿Qué ves en las nubes,
con blancos reflejos?
¿Qué ves en el cielo a lo lejos?

¡Ay! Veo dragones
con grandes colas
deslizándose en lo inmenso.

¿Qué ves en las nubes,
con blancos reflejos?
Dime, dime qué ves.

¡Ay! Veo caballitos
alcanzando el viento,
surcando el azul a todo correr.

Canto de
castañuelas

One, two

Uno, dos

Canastas azules y yo.

Three, four

Tres, cuatro

Suenan campanitas a ratos.

Five, six

Cinco, seis

Canto de castañuelas, mi bien.

Seven, eight

Siete, ocho

Platos de cobre, preciosos.

Nine, ten

Nueve, diez

Contemos otra vez.

El mago mexicano

Con su delantal blanco y su gorra,
todo el día se pasa el panadero
mezclando harina, huevos y azúcar
y bailando *salsa* con su escoba.

Sus manos rebosan de dulces secretos,
que convierte en deliciosos rellenos.
Diestro empuja su rodillo
y con su canto la masa crece.

Da forma a los marranitos
que engordan en el horno.
Desmenuza nueces, pasas y manzanas
para luego bailar un chachachá.

A los esponjosos dulces da sabor
con canela y con anís
y mezcla piña y calabaza
para poner en las tartaletas.

Llena los estantes y la meseta
de panes y empanadas,
dulces de hojaldre tan fino,
que en el aire tibio pueden flotar.

Se contonea mientras espolvorea
galletitas con dulce confeti,
bailando, panadero bailador.
Mago con estilo sin igual.

Sopa de hojas

Hojas que navegan en el aire
como mariposas perezosas
volando en las cálidas ráfagas
de viento hasta mi pelo.
Hojas que dan vueltas calladas
en los charcos y flotan acostadas
para luego hundirse,
hundirse.

Cerca del nopal,
las hojas se funden en un amasijo,
sazonan comida para las ardillas
y pájaros regordetes llegan
dando saltitos, para sorber la
deliciosa sopa verde de hojas.

Escucho, escucho

Escucho el ritmo de los Tarahumaras

pam, pam.

Escucho sus azadones en los campos de maíz

pam, pam.

Los escuchos amasando tortillas,

pam, pam.

Los escucho pastoreando sus cabras,

pam, pam

Escucho sus pies descalzos en la tierra,

pam, pam.

Los escucho correr y correr,

pam, pam.

Escucho el redoble de sus tambores

pam, pam,

pam, pam,

pam, pam.

Danza de papel

Llenemos de risas la casa
ya llegan nuestros amigos.
Pongamos papeles de colores.
De vida y alegría la vestimos.

Comencemos con la piñata.
Sopla y se mece el viento.
Colguemos el papel picado.
Revoloteará de contento.

Lanzaré las serpentinas
caracoleando en el aire.
Con música de marimba
comenzaremos el baile.

Cascarones, ¿los recuerdas?
inútil es esconderse.
Explosiones de confeti,
lluvia roja, azul y verde.

En el regazo de abuelita

Sé de un lugar donde me puedo sentar
y hablar de mi día del principio al final,
contar el color de todas las cosas
hojas verdes, cielo azul y gris nopal.

Sé de un lugar donde me puedo sentar
y escuchar mi sonido favorito,
su corazón que late en el pasado
con cuentos, olores y ritmos exquisitos.

Sé de un lugar donde me puedo sentar
y escuchar las estrellas a lo lejos,
con canciones suaves y calladas
que se acercan con blancos destellos.

Sé de un lugar donde me puedo sentar
y escuchar el viento en noches de luna,
mientras ondula alrededor de mi casa,
y me trae viejas canciones de cuna.

Palabras libres como confeti

Vengan palabras. Vengan de todos los colores.
Las lanzo al viento, a la tormenta.
Las digo, digo, digo.
Las saboreo, jugosas y dulces como ciruelas,
amargas como viejos limones.
Las huelo, palabras, tibias como almendras
o amargas como manzanas verdes.
Las toco, verdes y suaves

como la nueva hierba,
ligeras como copos de dientes de león,
espinosas como cactos.
Pesadas como negro cemento,
frías como el helado azul,
calentitas como el regazo amarillo de abuelita
Las escucho, palabras,
como el morado rugido del mar,

contra las olas, silenciosas
como gatitos al dormir,
como la canción de cuna dorada.
Las veo. Largas y oscuras como túneles,
brillantes como arcoiris,
juguetonas como el viento en el castaño.
Las observo, palabras, ascender y bailar, girar.
Palabras. Las digo en inglés,
las digo en español.

Las encuentro.
Las abrazo.
Las lanzo al viento.
Y al hacerlo, también soy libre.
Digo, soy libre,
soy libre,
libre, libre
como confeti.

La voz del río

En el desierto, la voz del río
es fresca; en los cañones,
es la canción de las rocas y los halcones.

En el desierto, la voz del río
es fresca; en los valles,
es la canción de los campos y el tecolote.

En el desierto, la voz del río
es fresca; al atardecer,
es la canción de la luna y las estrellas.

En el desierto, la voz del río
es fresca; al amanecer,
es la canción del viento y la luz tierna.

Nota de la autora

Querido lector:

¿Te gusta leer y compartir la poesía? A mí me encanta. Y también me gusta escribirla. He pasado momentos muy agradables escribiendo los poemas de esta colección. Escribí poemas que repiten ciertas palabras o frases, poemas que riman, poemas que tienen un ritmo rápido y poemas que transcurren tranquilos y sin prisas.

Me emocioné muchísimo cuando la gobernadora de Arizona le dio este libro a muchos estudiantes de su estado. Me invitaron a ver una representación de mis poemas en un teatro de Arizona y tuve una tremenda sorpresa. Un músico joven y talentoso había escrito música para cada poema, y una directora y coreógrafa trabajó con un grupo de adolescentes que cantaron y bailaron con hermosos trajes, escenografías y luces. ¿Podrías tú representar estos poemas?

A menudo, leo "Palabras libres como confeti" cuando hablo a estudiantes, maestros y bibliotecarios. Me gusta leer y decir las palabras en español y en inglés.

Espero que leas y disfrutes estos poemas una y otra vez. También espero que escribas tus propios poemas. ¿Qué ves en las nubes? ¿Qué sonido hacen los colores? Puedes disfrutar muchísimo compartiendo tus poemas.

Pat Mora